# 月令集

## 廿四节气及传统节俗知识

吴昭旭  吴晟  著

## 图书在版编目(CIP)数据

月令集：廿四节气及传统节俗知识 / 吴昭旭，吴晟著. -- 北京：中国言实出版社，2024.6. -- ISBN 978-7-5171-4858-6

Ⅰ．I227

中国国家版本馆CIP数据核字第2024H7V063号

## 月令集

责任编辑：宫媛媛
责任校对：张国旗

出版发行：中国言实出版社
   地  址：北京市朝阳区北苑路180号加利大厦5号楼105室
   邮  编：100101
   编辑部：北京市海淀区花园北路35号院9号楼302室
   邮  编：100083
   电  话：010-64924853（总编室） 010-64924716（发行部）
   网  址：www.zgyscbs.cn 电子邮箱：zgyscbs@263.net

经  销：新华书店
印  刷：北京温林源印刷有限公司
版  次：2024年12月第1版 2024年12月第1次印刷
规  格：880毫米×1230毫米 1/32 6印张
字  数：85千字

定  价：49.00元
书  号：ISBN 978-7-5171-4858-6

# 序

中华优秀传统文化是中华民族的根和魂，随着一代代传承发展，已从涓涓细流汇聚成了广袤大川，悄无声息地滋养着每一个中国人的精神家园。

中华优秀传统文化存在于我们的生活中，也融化在我们的血液里。尤其是在如今扁平化的世界中，外国文化纷至沓来的情况下，我们更应秉持古人"薪火相传、代代不息"的精神，让中华优秀传统文化焕发出新的光芒。

廿四节气和传统节俗是我们传统文化中的重要组成部分。《尚书·虞书·尧典》中便有记载："（帝尧）乃命羲和，钦若昊天，历象日月星辰，敬授民时。""授民时"

即授民以农时，使中华农耕文明有了飞跃发展，这也是帝尧为后来历代儒者所追慕的重要功绩。而由廿四节气发展出的各种民俗文化更是层出不穷，极大地丰富了中华民族的精神世界。

格律诗词也是我们中华传统文化中的一块瑰宝，它通过精练的文字、优美的语言和富有节奏感的韵律让读者在阅读中产生极大的愉悦感和享受感。时至今日，格律诗词因其独特的形式和规则，依然是传承传统文化的重要载体。是故作者以节气和传统节俗为题赋诗撰册，将格律诗词与自然节气知识结合起来，期望读者在欣赏诗词的同时，掌握一些中国节气和传统节俗知识。

中华传统文化是天雨，润物无声；是长河，源远流长；是奇葩，璀璨艳丽。中华传统文化博大精深，唯愿以此书汇入其中成大河之一滴，对中华传统文化的普及传承起到一点推动作用，尽一点绵薄之力，便是作者之本意。

本书由吴晟执撰文字，吴昭旭填写诗词。

甘霖天雨润奇葩,
沃土催生万春花。
玉泉千年流不尽,
滋荣华夏布天涯。

吴 晟

2024 年 4 月

# 目录

**第一章　廿四节气及传统节俗知识** ……………… 001

廿四节气 ……………………………………… 002
公历、阳历、阴历、农历 …………………… 006

**第二章　廿四节气** ……………………………… 009

立　春 ………………………………………… 010
雨　水 ………………………………………… 016
惊　蛰 ………………………………………… 021

| | |
|---|---|
| 春分 | 025 |
| 清明 | 030 |
| 谷雨 | 035 |
| 立夏 | 040 |
| 小满 | 045 |
| 芒种 | 048 |
| 夏至 | 050 |
| 小暑 | 055 |
| 大暑 | 058 |
| 立秋 | 062 |
| 处暑 | 066 |
| 白露 | 069 |
| 秋分 | 072 |
| 寒露 | 075 |
| 霜降 | 078 |
| 立冬 | 082 |

| 小　雪 | 085 |
| --- | --- |
| 大　雪 | 088 |
| 冬　至 | 092 |
| 小　寒 | 095 |
| 大　寒 | 099 |

## 第三章　传统节俗 …………………… 103

| 正月初一 | 104 |
| --- | --- |
| 正月初五（迎财神） | 110 |
| 正月初七（人胜节） | 112 |
| 元宵节 | 114 |
| 二月二（社日节） | 117 |
| 花朝节 | 120 |
| 三月三（上巳节） | 123 |
| 寒食节 | 128 |
| 清明节 | 131 |

端午节 …………………………………… 136

七夕节 …………………………………… 142

中秋节 …………………………………… 146

重阳节 …………………………………… 152

寒衣节 …………………………………… 155

腊八节 …………………………………… 158

祭灶节（小年）………………………… 162

除　夕 …………………………………… 169

后　记 ………………………………………175

# 第一章

# 廿四节气及传统节俗知识

# 廿四节气

廿四节气，是上古农耕文明的产物，蕴含了中华民族悠久的文化内涵和历史知识，是中华民族悠久历史文化的重要组成部分。廿四节气不仅在中国，还在朝鲜、日本、越南等国家广泛流传和使用，成为东亚、东南亚节气文化的重要标志。2016年"廿四节气"被联合国教科文组织列入人类非物质文化遗产代表作名录。

廿四节气的起源有三种传说：一说是伏羲发明的，伏羲能观察和概括天地万物的变化，最先发明了节气的雏形。二说是上古帝喾发明的，帝喾在伏羲订立四季的基础上，命羲氏、和氏推算日月星辰，而定岁时节，将其发展创新成廿四节气。三说是西汉淮南王刘安发明的，关于廿四节气最早、完整、科学的记载出自淮南王刘安的《淮南子·天文训》。这三种说法不一，亦无定论。

无论何种说法，廿四节气都是起源于黄河流域，黄河中下游地区四季气候特征相对分明，属于传统的宜农地区。古代的劳动人民，根据长期的农事活动，逐步积累和掌握了季节天象与农业生产之间的关系。古人根据北斗七星在夜空中的指向，对应组织农业生产，进而慢慢总结出廿四节气。通过一代一代人的积累总结，廿四节气在夏商时就有了雏形。据文献记载，我国中原地区早在商朝时已出现了仲春、仲夏、仲秋、仲冬四个节气名称，到周朝时期，已出现了八个节气名称，分别是立春、雨水、惊蛰、春分、清明、立夏、小满、芒种。春秋时期的著作《尚书》中就对节气有所记述，后来经过不断改进和完善，到秦汉时期，廿四节气已被完全确立。公元前104年，西汉制定的《太初历》把廿四节气定于历法。

廿四节气的测算方法经历了三次重大变革。

斗转星移法。这主要是秦汉以前，以北斗星的斗柄旋转方向来确定节气。当时人们不知地球围绕太阳转，只在夜间看到地球北极上空有一颗星固定不动，叫北极

星，旁边的七颗星曲折如斗，故而得名北斗七星。北斗七星围着北极星在旋转，并将旋转一周以十二地支划分。因此，上古人们依据斗柄的指向判断节气的变化，即所谓"斗柄东指，天下皆春；斗柄南指，天下皆夏；斗柄西指，天下皆秋；斗柄北指，天下皆冬"的星相规律。古人以斗柄指寅为立春，为一年起点；斗柄指丑为大寒，为一年终点。

圭表测影法。主要是从西汉到清朝初年，劳动人民通过圭表测影法来确定节气。西汉武帝时，采用立杆测影（圭表）。其实，早在春秋战国时期，中原地区就有人用土圭来测量太阳影子的长短，即在平地上竖一根杆子（土圭），一年中，土圭在正午时分影子最短的一天为夏至，最长的一天为冬至，影子长度适中的为春分或秋分。到秦汉时期，这一方法比较成熟了，得到大力推行，一直实施到清朝初年。这一方法是以冬至为一年的起点，以大雪为一年的终点。

太阳黄经法，又称黄赤交汇法，自1645年起沿用至今。此廿四节气测算是根据太阳在黄道上的位置来确定的。黄道，指太阳围绕地球运行一周（即一年）的轨道，因古人还不懂地球围绕太阳转，反认为是太阳围着地球转，即把太阳围绕地球转一圈的360°的轨迹称为黄道，按每15°为一等份，确立一个节气，共划分为24等份，以春分为零度起点，切分出二十四节气。此法与"斗转星移法"比较接近。

"节气"一词来源于古代，古时把节气统称为气。廿四节气在每月有两个"气"，上半月的节叫"节气"，下半月的节叫"中气"，后来就统一叫"节气"了。

人们为了便于记忆，编出了廿四节气歌：春雨惊春清谷天，夏满芒夏暑相连；秋处露秋寒霜降，冬雪雪冬小大寒。

# 公历、阳历、阴历、农历

公历，等同于阳历，是以太阳来衡量时间的，将地球绕太阳一圈的时间设定为一年，即阳历，也叫太阳历，一年约为 365.2422 天。公历的创设者是罗马人，为纠正每年将近 6 小时的误差，采取每 4 年增加 1 天的办法进行调整。

阴历是根据月亮绕地球公转的周期来确定的，一年大约为 354 天或 355 天，这也叫古历，与公历相差 10.88 天。阴历最早可追溯到中国商周时期，是中国古代人根据月相的变化来计算时间的日历系统。它与农历又有差别，农历结合了阳历的成分，使农历的年份长度与公历的回归年大致相同。

农历，不同于阴历，是以阴历为基础，结合阳历的天数，每 19 年增加 7 个闰月，并引入了廿四节气，这样使阴历的天数与公历（阳历）大致相同，又叫阴阳合历。

公历起源于西方国家的历法，所以，民间也把公历叫作西历。1949年9月27日，中国人民政治协商会议第一届全体会议通过，我国使用世界上通用的公元纪年（即公历），把公历的元月一日定为"元旦"，农历的正月初一定为"春节"。

中国传统节日和风俗，是中华民族悠久历史文化的重要组成部分，形式多样，内容丰富。传统节日和风俗的形成，是一个民族或国家历史文化长期积淀凝聚的过程。中华民族的传统节日和风俗的形成，其实是农耕社会的产物，是劳动人民在长期的农耕劳作中，根据节令特点而逐步形成的，比如秋收稻谷入仓后，人们为表喜悦，就有了中秋节。虽然这些习俗被赋予很多其他内涵，但其实质是与农业生产息息相关的。传统的节日风俗有很强的内聚力和广泛的包容性，每到节日，普天同庆，这与我们民族源远流长的悠久历史一脉相承，是一份宝贵的精神文化遗产。

# 第二章

# 廿四节气

## 立 春

  立，是开始的意思，立春就是春季的开始，又称"打春"，每年阳历2月4日或5日交节，此时太阳到达黄经315°。立春不仅是廿四节气之首，也代表了新一年的轮回，气温回暖，万物复苏。在民间立春不仅仅是一个节气，大家还将立春当作一个节日。

  立春有"吃三样，不做二事"的民间风俗：一吃春饼；二吃萝卜；三吃春卷。不剪头，不赖床。

  在古时，立春这天还有"鞭打春牛"的仪式，即用泥塑做一个与真牛一般大小的牛，放在郊野，由天子率百官来用鞭子抽打，表示督牛春耕，这个仪式在唐宋尤盛。清朝后期，"迎春鞭牛"渐渐由官办变为民间举办的迎春活动。

  有些地方还在立春这天举行祭神、迎喜神、逛庙会等各种活动。

## 七绝·立春日见迎春花

柔蔓黄花绽艳姿,
迎寒傲冷倚墙篱。
不辞弱小花先发,
抢得春光第一枝。

2023 年 1 月 25 日

### 五律·立春

岭上红梅发,
山间瀑布微。
寒随鸿雁去,
春伴柳条归。
时令轮回替,
天穹变幻飞。
且今荒野地,
不日竞芳菲。

2023年2月4日

## 七律·立春抒怀

晴暖和风扑面初，
天工巧手柳条梳。
丹青润染群山绿，
媚日熙辉碧汉虚。
酷暑寒冬身旋过，
淡烟细雨目望舒。
神功造化流年转，
写满人间悲喜书。

2023 年 2 月 4 日

### 七绝·红梅报春

寒意无消细雨斜,
柳枝初醒吐苞芽。
春来故国知多少,
尽在红梅一树花。

2023 年 2 月 24 日

## 七绝·立春日山行

残雪方消岭更幽，
晴云万里冷寒收。
一沟鸟语林间闹，
春在山溪细水流。

2024 年 2 月 12 日

# 雨 水

  雨水是廿四节气的第二个节气,表示降雨开始,雨量渐增。每年阳历2月18日或19日交节,太阳到达黄经330°。在这一节气,大地开始解冻,气温逐渐回暖,雨水也重新回到大地上,降雨多以小雨或毛毛细雨为主。

  雨水时节有两忌:一忌雨水之日不下雨,春雨贵如油,这时降雨对农作物生长尤其重要;二忌水獭捕不到鱼,如果这时大地还在封冻,水獭捕不到鱼,说明季节反常,影响收成,盗贼就多,社会不安。

  雨水节气比较典型的风俗有川西一带的"回娘屋",即出嫁的女儿纷纷带上礼物回娘家看望父母。还有就是"拉保保","保保"即干爹,就是给孩子拜干爹,取其雨露滋润易生长之意,希望孩子健康成长。

## 七绝三首·雨水

### （一）

泽洒山川润物华,
悄然无语自天涯。
凌寒退去东君至,
细雨春风醒万家。

### （二）

春来滴雨贵如油,
催绿荒原五岭秀。
沥沥甘霖苏地气,
嫩苗拔节长禾豆。

### （三）

水乡路少汊沟围,
户户拴舟屋后扉。

一夜春霖河面涨，
天明撑得小船飞。

2022 年 2 月 19 日

## 醉花阴·江南雨水早春

天涯遍地生芳草,
绿水青山绕。
燕子舞轻飞,
南雁还归,
杜宇啼春早。

此生有幸江南老,
华发和风缭。
田舍梦中醒,
薄雾炊烟,
又是一年晓。

2023 年 2 月 22 日

### 七绝·雨水节气

柳吐青芽水漾波,
东风拂过醒山河。
潇潇细雨春雷动,
田野时听布谷歌。

2024 年 2 月 19 日

# 惊　蛰

惊蛰是一年中的第三个节气，一般在阳历3月5日或6日交节，太阳到达黄经345°。蛰是藏的意思，惊蛰是指春雷乍动，惊醒了蛰伏在土中冬眠的动物。因为惊蛰时节气温回升较快，当气温达到一定程度，各种冬眠的昆虫就开始活动了。惊蛰气温回暖、春雷乍动、雨水增多，万物生机盎然。

惊蛰时节有两忌：一忌惊蛰不打雷。惊蛰日或惊蛰后听到雷声就正常，春季雨水多，有利于农业生产，预示风调雨顺，五谷丰登，有农谚"惊蛰闻雷米如泥"。二忌未蛰先蛰，即惊蛰日之前听到雷声，那么就预兆凶年，收成不好。

惊蛰的习俗有："吃梨"，希望自己的亲人启动新篇章，一路走顺走高。"打小人"，惊蛰时坏人也会与土里

虫子一样苏醒,所以,就剪个纸放在地上打,使其不敢出来害人。"敲财",即敲鼓或房梁、门框,唤醒财运,使自家财源旺盛。

## 滴滴金·惊蛰

新雷初响报春到,
苏万物、
醒飞鸟。
桃花开蕊杏花娇,
翻飞燕姿俏。

等闲又是时节好,
备锄犁、
马牛饱。
只盼惊蛰水润舒,
野地春耕早。

2022 年 3 月 5 日

### 七绝·惊蛰

隐隐春雷动宇寰,
虫蛇百鸟竞复还。
人间从始同欢闹,
须辨温良与毒顽。

2023 年 3 月 6 日

# 春　分

春分是一年中的第四个节气，一般是阳历 3 月 20 日或 21 日交节，太阳到达黄经 0°，太阳直射点在赤道上。这一天昼夜长短平均，正好是春季 90 天的一半，故称"春分"。春分之后，其阳光直射位置逐渐北移，开始昼长夜短。

春分过后，气温显著回升，降水量增多，但也时有春旱或倒春寒。

春分的习俗多样，有春祭，吃春菜，放风筝，粘雀子嘴巴等，比较典型的是送春牛，很多地区的人们会在这天挨家挨户送《春牛图》，寓意吉祥，象征一年丰收。

### 七绝·春分

岁至春分遇暗霾，
斜风急送冷寒来。
春临大地难遮挡，
坡上桃花带雨开。

2022 年 3 月 18 日

## 醉花阴·春分

急风送雨春分到,
落英遗泥草。
枝蔓缀残红,
花谢零星,
忽见春光老。

人生最是青春好,
转眼青丝缈。
把酒问春风,
何事匆匆,
直把芳容了。

2023 年 3 月 21 日

### 七绝·春分乡行

青山脚下几人家,
绿水池塘映翠霞。
鹅鸭亦知春意盛,
逐波荡漾戏桃花。

2024 年 3 月 20 日

## 蝶恋花·春分

杏白桃红花正好，
飞絮轻扬，
绿柳依依袅。
芳草接天欢雀闹，
繁花竞放争相俏。

又是春分匀日照，
岁月匆匆，
渐把青阳老。
赏景踏青须趁早，
无为春去徒伤恼。

2024 年 3 月 20 日

# 清 明

　　清明是一年中的第五个节气,一般是阳历4月4日至6日交节,太阳到达黄经15°。清明是气清景明的意思,天气晴朗,草木繁茂,是春耕春种的大好时节,也是祭祖扫墓与踏青郊游的时节。此时天地明净,暖风和煦,山青水绿,烟雨如织。2006年5月20日,经国务院批准,将清明节列入第一批国家级非物质文化遗产名录。

　　汉族传统的清明节大约始于周代,距今已有2500多年历史。清明的习俗活动比较多,但基本主题是祭祖扫墓和踏青郊游。清明节主要是祭祀祖先,表达祭祀者的孝道和对先人的思念之情。此外的习俗还有插柳、荡秋千、踏青、放风筝、蒸制蒿饼、吃青团子、吃馓子、采食螺蛳等。

## 七律·清明回乡扫墓重游大通古镇

余之家乡距大通古镇不远,少年曾在此生活过,时常到镇上赶集,还与大人们一起挑着自家种的蔬菜到镇上蹲街叫卖。五十六年过去,街景依旧,恍若昨天。

白墙黛瓦翘檐釜,
石板条铺窄路沉。
商贾挨连繁似昨,
游民熙攘闹如今。
女墙犹记当年雨,
深巷还飘往日音。
纵使房无先祖去,
仍萦远域后人心。

2023 年 4 月 1 日

### 七律·清明谒李白墓

飘逸逍遥盛誉扬,
轻低权贵醉琼浆。
脱靴研墨惊銮殿,
望月昂头倚素床。
鲸困岸滩知水浅,
人逢潦倒识炎凉。
老来投止江南地,
直把他乡作故乡。

2023年4月4日

## 绝句三首·清明

（一）

阵雨时来少见晴，
暖风递次落花英。
田陂络绎人如织，
俱是清明祭扫行。

（二）

千年习俗一朝倾，
禁放烟花禁纸烹。
细雨悄悄和泪下，
无鞭无烛做清明。

（三）

绿染山原柳笼烟，
轻摸碑石忆先贤。

生平浅淡无多憾,
将相王侯伴九泉。

2023 年 4 月 4 日

# 谷 雨

　　谷雨是一年中的第六个节气，一般是阳历4月19日至21日交节，太阳到达黄经30°。谷雨就是播谷降雨，是播种移苗、种瓜点豆的最佳时节。此时雨水增多，气温回升加快，雨生百谷，十分有利于谷类作物茁壮成长。谷雨也是春季的最后一个节气。

　　谷雨还有一个传说，据《淮南子》记载，仓颉造字成功，黄帝于春末夏初发布诏令，号召天下人共习之。这一天，下了一场不平常的雨，落下无数的谷米，后人因此把这一天定名为谷雨。

　　谷雨节气有走谷雨的风俗，即青年妇女到野外走一圈，寓意与自然融合，求雨祈福。还有喝谷雨茶、吃谷雨饭、贴谷雨花、洗桃花浴、捉虫祈福、食香椿、种植花卉、赏花等风俗。

## 七绝二首·谷雨

（一）

四月晴和露夏容，
春光悄敛隐行踪。
时逢谷雨芳菲谢，
又见田原绿正浓。

（二）

春光渐去了无踪，
蕾落红残别意浓。
纵使明年花再发，
新花非是旧花容。

2022 年 4 月 20 日

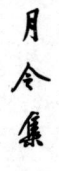

## 七律·谷雨

落红飘尽绿芽鲜,
布谷声悠稼事连。
早种清霜千亩地,
晚归夕照一天烟。
农桑不可耽时节,
功业当须在盛年。
花谢田原春色老,
水盈蛙唱奏新弦。

2023 年 4 月 20 日

### 七绝·喜尝谷雨新茶

随意春风绿际涯,
吹开百卉发新芽。
才攀三月清明柳,
又品人间谷雨茶。

2023 年 4 月 24 日

## 南乡子·谷雨

布谷叫声连,
春雨浇淋万亩田。
绿野秧歌连片起,
音甜,
忙碌农家谷雨天。

葱翠绿无边,
初出萌芽嫩嫩尖。
花落芳残春渐远,
无言,
清品新茶又一年。

2024 年 4 月 19 日

# 立 夏

　　立夏是一年中的第七个节气，一般在阳历5月5日至7日交节，太阳到达黄经45°。"夏"是"大"的意思，"立"是建立、开始的意思，每年此时，春播植物都已经长大，所以叫"立夏"。

　　立夏是夏季的第一个节气，日照增加，逐渐升温，雷雨增多，万物进入一个旺盛生长的季节。

　　立夏时节有两忌：一是忌无雨，民间认为立夏之日不下雨，农作物就会减产。二是忌坐门槛，小孩子立夏日坐门槛，容易打瞌睡。

　　立夏的习俗有：尝新，就是这个时节长出的鲜嫩植物、樱桃、青梅和麦子，叫尝三新；斗蛋，把白水带壳的蛋装在用彩色丝线编成的网兜里，挂在小孩脖子上；立夏秤人，在村口挂一大秤，大家轮流称重；吃乌米饭等。

## 七绝·立夏赏荷

十里荷塘碧叶排,
满眸翠绿少花开。
田田叶底苞初露,
漫溢清香扑面来。

2022 年 5 月 5 日

### 七绝·立夏

坡原芳尽子规回,
姹紫缤纷渐落衰。
才别山花红烂漫,
熏风又送夏天来。

2023 年 5 月 5 日

## 七绝·立夏

炎神突至热风威,
消去东君夏日晖。
最是群芳情义重,
落英抛撒伴春归。

**2023 年 5 月 6 日**

## 七律·立夏日晚步

徐行闲趣沐残霞,
初夏清风拂锦裟。
落日一轮重岭外,
船帆几片水天涯。
晨观朝晕风光好,
晚赏斜阳韵味嘉。
夕照余晖炊雾袅,
柳林深处住人家。

2023 年 5 月 7 日

# 小 满

小满是一年中的第八个节气，一般在阳历5月20日至22日交节，太阳到达黄经60°。小满是指麦类等夏熟作物灌浆乳熟，颗粒开始饱满，但还没有完全成熟，因此称为小满。

小满节气期间，南方的雨量会增多，江河湖水渐满。小满时节，农田庄稼有充足的水分。

小满的习俗有：祭车神，小满时水多，农民要用水车翻水，这时要启用水车；祈蚕节，南方江浙一带此时要开始放蚕了，过此节希望蚕茧丰收；食野菜、苦菜，以此清热去火；抢水，即用事先装好的水车，放到河里，一齐踏动，引水灌田。

## 浪淘沙·小满

小满夏初天,
绿遍桑田。
山川翠黛笼轻烟,
夏雨时来滋润土,
布谷声连。

四季伴流年,
生息绵延。
山花方谢绽荷莲,
菽稻飘香迎喜岁,
更胜从前。

2022 年 5 月 21 日

## 七绝·小满

又是江南小满天，
枇杷正熟麦丰田。
一川布谷啼新宇，
喜见农桑旺盛年。

2023 年 5 月 21 日

# 芒 种

芒种是一年中的第九个节气,一般在阳历6月5日至7日交节,太阳到达黄经75°。"芒种"也与"忙种"谐音,农作物既要收割又要播种,因此芒种是一年中农民最忙碌的时节。芒种时节,长江中下游地区也将陆续进入多雨的黄梅季节。

芒种有一宜一忌:一宜打雷,打雷下雨利于刚种下的庄稼成活生长;一忌北风,刮北风,夏季会发生旱灾,谚语云:"芒种刮北风,旱断青苗根。"

芒种的习俗是送花神。农历二月二花朝节上迎花神,到五月芒种时节,已是夏日,百花开始凋谢,民间多在芒种日举行祭祀花神仪式,为花神饯行,盼望来年花神再次降临人间。

## 七律·芒种

芒种风吹绿转回,
晴空丽日熟黄梅。
犁开旧土翻波浪,
插下新禾展玉瑰。
初夏多栽秧几把,
晚秋倍获粒千枚。
远听杜宇声声唤,
心感时光急急催。

2023 年 6 月 6 日

# 夏 至

夏至是一年中的第十个节气,一般在阳历6月20日至22日交节,太阳到达黄经90°。至者,极也。夏至这天,太阳直射地面的位置到达一年的最北端,此时北半球各地的白昼时长达到全年最长极限。夏至也是太阳北行的转折点,夏至过后,太阳直射点从北回归线向南移动,北半球的白昼开始逐渐变短。夏至这天正午时分,在北回归线附近会出现"立竿无影"的奇景。

由于夏至以后,北半球的白昼日渐缩短,所以民间有谚语:"吃了夏至面,一天短一线。"

夏至时节,正值江淮一带"梅雨"季节,冷、暖空气团在这一带交汇,形成低压槽,导致天气阴雨连绵。梅子黄熟期,空气也非常潮湿。

夏至时很多地方习俗是吃面条,有"冬至饺子夏至面"之说,还有吃狗肉、喝麦仁汤、戴枣花等习俗。

## 七律·夏至

五月熏风绿叶香，
农田麦浪泛金黄。
日长夜短时光满，
女种男耕稼事忙。
赤日当空天渐热，
柳条半坠地稀凉。
从今莫把春光忆，
收拾心情度酷阳。

2022 年 6 月 21 日

### 七律·夏至

河川翻浪赴江洪,
田野蒸腾绿翠茏。
百鸟翔飞天宇阔,
群鱼欢戏水波融。
时逢夏至生机发,
岁到青葱意气丰。
白日晴阳云几朵,
蔷薇满架笑花丛。

2023 年 6 月 21 日

### 七绝·夏至

夏至时来阵雨连，
栀花香馥石花妍。
过了此夜年将半，
昼短昏长看月圆。

**2023 年 6 月 21 日**

## 七律·夏至日游芜湖古城

曲巷雕窗石路凉,
宫灯招旆市廛昌。
长街老屋千年韵,
酒肆陈坊十里香。
汉瓦秦砖藏博雅,
琉璃碧玉闪流光。
古城泛溢唐风貌,
旧镇更颜着靓装。

2023 年 6 月 22 日

# 小 暑

小暑是一年中的第十一个节气,一般在阳历7月7日或8日交节,太阳到达黄经105°。暑,热也。小暑就是小热,意指极端炎热的天气刚刚开始。

小暑节气,东北地区还忙于收割冬春小麦,全国大部分地区已开始田间管理,早稻处于灌浆期。

小暑的民俗有:尝新米、吃黄鳝、吃藕等。

### 七绝·小暑

五月炎风已烤熏，
蝉鸣蛙唱迩遐闻。
荷塘柳下寻凉意，
远递雷声不见云。

2023 年 7 月 7 日

## 七律·小暑日寻趣

夏日消闲紫陌趋,
林间断续唱鹧鸪。
田畴稻节抽芽壮,
小径芳荪绿满株。
头戴破毡充野老,
手持竹杖扮村夫。
行人路见无嗤笑,
随意平生最快愉。

2023 年 7 月 8 日

# 大 暑

　　大暑是一年中的第十二个节气,一般在阳历7月22日或23日交节,太阳到达黄经120°。"暑"是炎热的意思。大暑,即指炎热至极。大暑的气候特征是高温酷热、雷暴、台风频繁,是一年中最热时段。

　　大暑节气暴雨偏多,天气酷热,因此容易产生高温湿热,所以民间习俗有:晒伏姜、饮伏茶、烧伏香等风俗。

## 五绝·大暑

酷暑如熙焰,
炎炎满宇穹。
心烦无所念,
惟盼一丝风。

**2022 年 7 月 23 日**

## 七律·大暑

日挂中天烈焰烧,
禾苗树木半枯焦。
蜩蝉唱鸣声嘶哑,
雀鸟飞踪影息消。
忧恐人间江海竭,
耽思天汉玉河凋。
寻阴树下频摇扇,
惟盼清风一点飘。

2023 年 7 月 23 日

## 七律·大暑日之暴雨

云低风卷压如磐,
灰霭层层似海澜。
未落尘埃千岭暗,
及临宇内万珠弹。
涤除灰烬濯陈腐,
翠绿山川亮玉盘。
信知雷霆催雨猛,
丹心直盼洗瀛寰。

2023 年 7 月 23 日

## 立 秋

立秋是一年中的第十三个节气,一般在阳历8月7日至9日交节,太阳到达黄经135°。"立"是开始之意;"秋"为禾谷成熟。立秋预示着炎热的夏天即将过去,阳气渐收,阴气渐长,由阳盛逐渐向阴盛转折,草木庄稼都开始结果,进入收获季节。

立秋时有三忌:一忌打雷,古人认为立秋之日打雷,庄稼会歉收;二忌下雨,古人认为立秋之日下雨,将会发生旱情,"立秋雨打头,无草可饲牛";三忌出彩虹,古人认为立秋之日出彩虹,庄稼会减产。

立秋时的习俗较多,但主要有:一是贴秋膘,民间在立秋这天以悬秤称人,将体重与立夏时对比来检验肥瘦,人们度夏时体重减轻叫苦夏,到了秋天就吃得丰盛些,进行大补,叫贴秋膘。二是摸秋,在立秋之夜，人们悄悄结伴去他人瓜园菜地摸摘瓜果蔬菜，俗称"摸秋"。丢了"秋"的人家不得追究，据说立秋夜丢失"秋"还是吉利的事，"摸秋不算偷，丢秋不追究"。此外，还有咬秋、被秋、秋社等习俗。

### 五律·立秋

又逢秋令至,
暑酷已心凉。
热浪虽蒸煮,
金风起远扬。
夏虫离伟树,
蛇鼠觅冬藏。
天道轮回转,
何由万世长。

2022 年 8 月 7 日

## 七绝·阴历六月二十二丑时立秋

暑气醺浓遇立秋,
推窗却见月光柔。
热风扑面浑无觉,
落落清辉送冷幽。

2023 年 8 月 8 日

# 处 暑

处暑是一年中的第十四个节气,一般在阳历 8 月 23 日前后交节,太阳到达黄经 150°。"处"的本义是"止息""停留"。处暑表示酷热的天气到此停止,暑天结束,炎热的夏天已至尾声。夏季最热的"三伏"天涉及小暑、大暑、立秋、处暑四个节气,"三暑"分别代表着头伏、中伏、末伏。处暑时节的天气是白天热,早晚凉了。雨季即将结束,雨水逐渐减少。

处暑时节的民俗是吃鸭子,鸭肉性凉,多吃可起到降火防燥之作用。

## 七律·处暑日听雨

听打蕉声醉入心，
阵风合奏伴弦琴。
荒山孤庙梆鱼敲，
铁马冰河急鼓侵。
荡涤胸中闲郁闷，
卸除肩上重苛沉。
少年不识其中味，
品出真时岁已深。

2022 年 8 月 23 日

## 七律·处暑

时逢处暑夜新凉,
单被薄衣月绕梁。
水荡池蛙声老咽,
山林绿叶色初黄。
时序有意千山艳,
节令无情万物殇。
秋雨晓来添悦喜,
静看夏颜换秋装。

2023 年 8 月 23 日

# 白 露

白露是一年中的第十五个节气,一般在阳历9月7日至9日交节,太阳到达黄经165°。白露时节,气温渐凉,早晚草木上可见到白色露水,寒生露凝。古人以四时配五行,秋属金,金色白,以白形容秋露,故名"白露"。俗语云:秋分夜,一夜冷一夜。

白露时节不宜露体,虽然正午时分仍较热,但早晚气温很低了,民谚有"白露不露身"之说。

白露的民俗有:收清露。据说收百花草叶上的露水,愈百病,止消渴,可养颜;饮白露茶,即白露时采摘的秋茶;吃红薯,红薯收获了,故旧时农家有在白露吃红薯的习俗;祭禹王,江南太湖一带的老百姓在白露时节举行祭禹王庙会,祭祀治水英雄大禹,称其为"水路菩萨"。

### 唐多令·白露

苍宇又逢秋,
草黄白露稠。
朔风吹、寒气游悠。
拂遍荒原山岭悴,
花叶落,
百事休。

薄雾上层楼,
高天一望收。
好河山、万亩田畴。
又是天凉临晚岁,
少年愿,
叹未酬。

2023 年 9 月 18 日

## 七律·白露

金风微动稻禾黄,
早晚云天已略凉。
水碧山青林五彩,
瓜圆果熟味多香。
晚舟归笛河升雾,
晨鸟欢鸣草染霜。
单褂轻衫神气爽,
宜人最美是秋光。

2023 年 9 月 19 日

# 秋 分

秋分是一年中的第十六个节气,一般在阳历9月22日至24日交节,太阳到达黄经180°。"分"即为"平分""半"的意思。秋分这天,太阳几乎直射地球赤道,昼夜平分相等。"秋分者,阴阳相半也,故昼夜均而寒暑平。"秋分这天又正好在秋季90天的中间,有着"平分秋色"的意思,所以叫"秋分"。秋分过后,太阳直射点继续由赤道向南半球推移,北半球开始昼短夜长。2018年6月21日,中华人民共和国国务院批复,自2018年起,将每年农历秋分设立为"中国农民丰收节"。

秋分时节,风和日丽,秋高气爽,凉风习习,正是水稻等农作物收获的大好季节,并开始早播油菜等冬作物。

秋分的习俗有:吃秋菜、粘雀子嘴、放风筝等。

## 七绝·秋分

金风吹熟万畴田,
水碧天青百果鲜。
月色清凉匀昼夜,
秋分正是可人天。

**2023 年 9 月 23 日**

### 五律·癸卯秋分

岁遇中分至,
尘寰雾气濛。
寒云千嶂雨,
黄叶一天风。
举目苍山远,
推窗野树空,
枫红秋色老。
不必争春东。

2023 年 9 月 23 日

# 寒 露

寒露是一年中的第十七个节气,一般阳历在10月7日至9日交节,太阳到达黄经195°。寒露与白露节气相比,气温下降了很多,寒气逐渐袭来,露水凝结成霜,寒生露凝,因而称为寒露。随着寒气增长,万物也逐渐萧瑟。

寒露时节,北雁南飞,菊花盛开。双季晚稻开始灌浆,棉花进入采摘期。

寒露的民俗有:赏红叶,这个季节,黄栌、丹枫、乌桕、火炬、红叶李等树叶都呈红色,满山遍野的红叶成为特有的景观;吃芝麻,芝麻已收获,秋季吃芝麻有润肺、防燥的功效。

## 一剪梅·寒露

云淡天青碧水长,
寒蝉凄切,
雁去衡阳。
残荷花落剩余香,
柳枝疏条,
尽换容妆。

一夜秋风楚地凉,
红了枫叶,
白了鬓霜。
且将心绪付云霄,
忘却时光,
豪兴诗肠。

2022 年 10 月 8 日

### 虞美人·寒露

薄雾初降疏凉透,
叶落群山瘦。
寒林笼雾水如烟,
寂寞梧桐秋雨洒江天。

遥思春景心尤怵,
恍惚人间梦。
朔风渐紧岁沧桑,
野草荒原怎不断人肠?

2023 年 10 月 8 日

# 霜　降

　　霜降是一年中的第十八个节气，一般在阳历10月23日至24日之间的一天到来，太阳到达黄经210°。霜降是一年之中昼夜温差最大的时节，"霜"并非从天而降，而是近地面空中的水汽，由于早晚气温骤降直接凝结成六角形的霜花，故称霜降。

　　霜降时节，不耐寒的农作物已开始停止生长，草木开始落黄，呈现深秋景象。冬眠的动物也开始藏入洞中进行冬眠，晚稻开始收割，油菜、小麦开始播撒。

　　霜降的民俗有：登高远眺、饮酒赏菊等。

## 清平乐·霜降

秋霜凝露,
枫叶红满树。
田野稻花尽吐,
鸿雁长天又度。

晴日携妇闲游,
黄花戏插满头。
叹息时光将老,
偷将岁月迟留。

2022 年 10 月 23 日

### 七绝·霜降

秋晦长空北雁飞,
萧疏柳影菊芳菲。
西风阵阵寒霜降,
飘落丹枫瑞叶归。

2023 年 10 月 24 日

## 忆秦娥·霜降

金风瑞,
群山五彩霜林醉。
霜林醉,
碧空如洗,
雁鸣声碎。

露浓红叶风情最,
双鬓染雪添华岁。
添华岁,
傲开黄菊,
馥香丹桂。

2023 年 10 月 25 日

# 立 冬

　　立冬是一年中的第十九个节气,一般在阳历11月7日至8日交节,太阳到达黄经225°。立,建始也;冬,终也,万物收藏也。立冬,意味着生气开始闭蓄,万物已进入休养、收藏、冬眠状态。

　　立冬代表冬季的开始,是享受丰收、休养生息的季节。

　　立冬的习俗有:腌咸菜、吃饺子、喝羊肉汤、酿黄酒等。

## 七绝·立冬

漠漠寒林起白烟,
乱云暗色压山巅。
柳枝不晓冬将至,
仍伴严风舞翩跹。

2023 年 11 月 8 日

## 七律·立冬小景

苍原露重覆晨霜,
叶落银杏一地黄。
断雁朔风吹淡月,
荒芦曙日照清塘。
眼观细柳常思友,
身着寒衣倍念乡。
生在人间漂泊地,
轮回四季又冬装。

2023 年 11 月 13 日

# 小 雪

小雪是一年中的第二十个节气,一般在阳历11月22日或23日交节,太阳到达黄经240°。小雪是一个气候概念,反映气温与降水变化的趋势,与自然天气中的"小雪"没有必然联系。小雪节气后,气温进一步下降,但还未到大雪纷飞的时节,所以叫小雪。

小雪节气,果树已开始了修枝,冬天的蔬菜开始贮藏,越冬的田间作物开始加强防寒防冻的管理。

小雪节气的习俗有:腌咸菜、晒鱼干、做香肠腊肉等。

## 七律·小雪

一夜北风卸靓妆,
草衰叶落露凝霜。
寒天渐有飞雁过,
荒岭无闻彩蝶狂。
身寄凡尘尝为客,
意求富贵是黄粱。
春花已逝无多念,
秋菊含芳宜品香。

2022 年 11 月 22 日

### 七绝·小雪

大地斑斓降朔风，
飘零落叶送秋终。
彩妆未去寒凛至，
半是秋光半是冬。

    2023 年 11 月 22 日

# 大　雪

　　大雪是一年中的第二十一个节气，一般在阳历12月6日至8日交节，太阳到达黄经255°。大雪的意思是天气更冷，降雪的可能性比小雪时更大了，气温也更低了。大雪节气的特点是气温骤降，我国大部分地区气温都降到0℃以下，天气湿冷，雪量增加，农事活动减少。

　　大雪时节有一忌一宜，大雪时节忌讳无雪，严冬积雪覆盖大地，起保持和提升地温的作用；为农作物创造良好的越冬环境；同时积雪来年融化，为农作物生长提供充足的水分。另外，雪后天气寒冷，可冻死泥土中的病毒与病虫。所以，大雪时节忌无雪。大雪时节宜温补，为了抗寒，宜多食高热量、高蛋白、高脂肪的食物。

　　大雪的习俗有扫雪节、祭雪节等活动，以及吃鱼和温暖的食物。

### 七绝·大雪

九土寒凝六出飞,
皑皑白雪覆翠微。
王孙赏景农夫笑,
来岁田丰稻黍肥。

**2022 年 12 月 7 日**

## 阮郎归·大雪节气朔风冷雨

寒冬已是暮云遮,
更兼风雨加。
飘零黄叶卷黄沙,
低空飞墨鸦。

天下事,
水中花,
笑谈一盏茶。
任他骤雨乱如麻,
云开有彩霞。

2022 年 12 月 7 日

## 七绝·癸卯年大雪节气

时临大雪雪无踪,
秋色山原煦暖风。
飞雁南来询故客,
江南泽国几时冬?

2023 年 12 月 7 日

# 冬 至

冬至是一年中的第二十二个节气,一般在阳历的12月21日至23日交节,太阳到达黄经270°。冬至这一天是北半球全年中白天最短、夜晚最长的一天,天文学上把"冬至"视为北半球冬季的开始。过了冬至以后,白天就逐渐长了,谚语云:"吃了冬至面,一天长一线。"

冬至是我国的一个历史悠久的传统节日,也叫冬节、长至节、贺冬节等。冬至活动可以上溯到周代,到了汉代正式成为一个节日,皇帝在这一天要举行郊祭,百官放假休息。民间认为,冬至是神仙下凡的日子,也是祖先回家的时刻,举行各种祭祀活动,以求神仙和祖先的保佑。

冬至的习俗非常丰富,有祭祖,北方吃饺子、南方吃汤圆,家人团聚等,因此有"冬至大似年"之说。

## 七绝·癸卯年冬至

时逢冬至倍添哀,
遗照长瞻泪自来。
永别娘亲嘘冷暖,
只期梦境可多回。

2023 年 12 月 22 日

### 醉花阴·冬至雪景

暗云低沉寒烟晦,
飘飘白羽坠。
琼宇胜瑶台,
银树生花,
玉洁冰清最。

粉妆素扮山川绘,
落落清颜媚。
登顶独凭栏,
千里银装,
人伴梅花醉。

2023 年 12 月 22 日

# 小　寒

　　小寒是一年中的第二十三个节气,一般在阳历1月5日至7日交节,太阳到达黄经285°。小寒是天气寒冷,但还没有到极点的意思。根据中国气象资料,小寒是气温最低的节气,只有少数年份大寒气温低于小寒。小寒正是二九三九,大寒已是三九四九了。之所以叫小寒大寒,是与小暑大暑相对应。所以,民谚有:"小寒胜大寒。"

　　小寒有两忌:一忌天气暖;二忌天无雪。

　　小寒的习俗有:给饲养的牲畜保暖,给地里的农作物保暖,吃糯米饭等。

### 五绝·小寒偶作

寒梅初吐蕊,
雨雪急风旋。
原上凄凄草,
荣枯又一年。

2013 年 1 月 5 日

### 七绝·小寒

寒英乱舞漫天涯,
一册闲书伴雪花。
深闭柴门多谢客,
泥炉竹炭自烹茶。

2023 年 1 月 5 日

### 七绝·小寒

云遮残月五更阑,
冷露挟风入小寒。
已是严冬多败落,
乡音远唱路行难。

2024 年 1 月 6 日

# 大　寒

　　大寒是一年中的第二十四个节气，也是最后一个节气，一般在阳历 1 月 20 日左右交节，太阳到达黄经 300°。大寒是天气寒冷到极致的意思。大寒同小寒一样，表示天气寒冷的程度。大寒节气处在三九四九时段，此时寒潮南下频繁，故谓大寒。

　　大寒节气到来，很快就是腊月二十四、年三十了，所以，大寒时节的习俗比较多，祭灶、贴窗花、蒸花馍、拜土地公、赶年集等。

## 山坡羊·大寒

北风呼啸,
冬鸦孤叫,
旷野荒原冰料峭。
雪花飘,
送寒潮。

匆匆又是年终到,
庭院绽开梅俏笑。
忙,
辞岁了;
闲,
辞岁了。

2022 年 1 月 20 日

## 七绝二首·大寒

（一）

冷雨连天近岁除，
大寒风劲柳条疏。
雪融地暖冬将尽，
庭院朱梅已绽舒。

（二）

雨雪纷飞度大寒，
芦花槁落树枝残。
四时序尽随风去，
新历随翻不忍看。

2024 年 1 月 20 日

# 第三章

# 传统节俗

# 正月初一

正月初一,是指农历新年的第一天。

正月初一,又叫春节。但在清代以前,一直叫元旦或元日;先秦时叫上日、元日、改岁、献岁;两汉时又被叫为三朝、岁旦、正旦、正日;魏晋时又叫元辰、元日、元首、岁朝等;唐宋元明时多叫元旦、元、岁日、新正、新元等。1911年辛亥革命后,采用公历(阳历)计年,遂称公历1月1日为元旦,称农历正月初一为春节。1949年9月27日,中国人民政治协商会议再次确认了这一提法。

过年,是一个宽泛概念,是指度过新年或春节的时间段,一般是从腊月二十三(或二十四)的祭灶日开始,直到正月十五结束。

正月初一的习俗有:放开门鞭,即初一第一次开大门要放鞭炮;拜年,是向长辈叩岁,一般晚辈向长辈拜年叩首,长辈给晚辈发红包;贺年,是平辈相互道贺。另外,正月初一为扫帚的生日,这一天不能动扫帚,否则会扫走财运、破财;正月初一还不能动刀,尤其不能杀鸡;正月初一早晨北方吃饺子,南方则是吃汤圆、云片糕、五香蛋等。

## 七绝二首·初一元日

（一）

除夕元辰互紧连，
拜门贺福鞠躬喧。
孙儿欢喜添新岁，
老叟浮生又一年。

（二）

元日景观处处新，
唐装汉饰锦衣殷。
告辞旧岁欢颜喜，
户户净明不染尘。

2023 年 1 月 22 日

## 五律·元日

爆竹开门户,
桃符晓报春。
烟花冲碧宇,
祥瑞溢红尘。
揖手情衷贺,
欢言语意真。
一年愁喜过,
万象又迎新。

2024 年 2 月 10 日

### 七绝·元日晨景

薄雾朝阳出岭峰,
时逢新岁更妍容。
年年日出情相似,
岁岁人间景不同。

2024 年 2 月 10 日

## 七绝·拜年

正月拜年众客来，
春风初起玉梅开。
吉言庆语欢颜喜，
骑鹤扬州贺发财。

2024 年 2 月 15 日

## 正月初五（迎财神）

正月初五俗称破五节，是中国传统节日之一，因为春节期间有很多禁忌，过了初五，这些禁忌即告解除，故而称为"破五"。

据传说，正月初五是财神的生日，因此要迎财神，这一风俗盛行于明清以后。人们在财神像前摆上供品，焚香放鞭炮迎财神进门，代表了人们对美好生活的向往。

中国民间传说有五大财神：文财神比干、武财神赵公明、偏财神地仙、富财神沈万三、义财神关羽。

## 七绝·初五迎财神

人世恭迎是此神,
焚香祈请倍珍亲。
箱盈柜满非知足,
及至无常弃置身。

2023 年 1 月 26 日

## 正月初七（人胜节）

民间传说，正月初七是人类的诞辰日，即人的生日。传说女娲是伏羲的妹妹，他们的父亲是天帝，他们的母亲是地母，所生之阳是伏羲，所生之阴是女娲。女娲又称娲皇，是创世女神。

民间传说中，远古时地球上没有生物，是由女娲创造苍生。从初一开始，她第一天造鸡，第二天造狗，第三天造猪，第四天造羊，第五天造牛，第六天造马，第七天造人。相传女娲是用黄泥抟土造人，所以，正月初七又称为人日或人胜节。

正月初七人日的风俗是戴人胜，人胜是一种用彩纸或镂空金箔剪成的头饰，供人佩戴于头上或贴在屏风等处。很多地方这一天是不能训孩子的。唐代以来，在人胜日朝廷还经常举行登高游宴，祈祷这一年人口平安。

## 七绝·初七人日

新岁天天有诞辰,
鸡羊犬马顺依轮。
欲寻女帝千年问,
七日为何始造人。

2023年1月28日

# 元宵节

元宵节，又称上元节、小正月、元夕或灯节，时间是每年农历正月十五。正月是农历元月，古人称夜为"宵"，正月十五是一年中第一个月圆之夜，所以称正月十五为元宵节，是中国传统节日之一。

元宵节的形成有一个较长的过程，起源于民间开灯祈福的古俗。据记载，西汉时期就重视元宵节了，但元宵燃灯习俗始于东汉明帝，汉明帝崇敬佛法，敕令正月十五佛祖神变之日要燃灯，以表佛法大明，史称"燃灯表佛"。此后，元宵节放灯习俗就由宫廷流传到民间。

元宵节的习俗有：赏花灯、吃汤圆、猜灯谜、放烟花、游龙灯、舞狮子、踩高跷、划旱船、扭秧歌、打太平鼓等传统习俗。

元宵节又称上元节，是道教的一种说法，上元是天官赐福日。

## 七律·元宵节

宅临湖畔暮烟迷，
三五元宵异彩霎。
村野地偏无闹市，
院庭烟火有啼鸡。
昙花虚影荣华梦，
夙愿心欢合宅齐。
若问人间何处好，
陋居傍水小桥西。

2023年2月5日

## 七绝·元宵节观游人猜灯谜

元宵灯语漫街红，
月色华光两映融。
游客猜谜相解惑，
可知世道往西东？

    2024 年 2 月 24 日

# 二月二（社日节）

农历二月初二的习俗称为龙抬头，又称龙头节、春耕节，是中国民间非常重视的一个传统节日。

龙抬头源于对自然天象的崇拜，古人认为龙掌管着降雨，降雨又决定农耕收成，农耕收成又决定着人们的生活水平。在农耕文化中，龙抬头标示着阳气生发，雨水增多，万物生机盎然。所以，自古以来，人们将"二月二，龙抬头"视为一个祈求风调雨顺、驱邪禳灾、纳祥转运的日子。

农历二月二也是土地公的诞辰，土地诞也称社日节，很多地方举办土地会，给土地神祝贺生日，到土地庙烧香祭祀、祭神社等活动。

农历二月二的民间习俗一般要做三件事：剃龙头，这一天适宜理发，图个好兆头；吃龙食，吃面条叫食龙须，吃水饺叫食龙耳，吃米饭叫食龙子，吃猪头叫食龙头；舞龙，即进行舞龙表演，图个欢快热闹。

### 采桑子·二月二

天龙抬首惊寰宇，
雨润芬芳，
雨润芬芳，
祈盼新年稻黍香。

寒消日暖花含蕊，
岁岁春光，
岁岁春光，
风月平添白发霜。

2023 年 2 月 21 日

## 七绝·二月二

红梅有意报春明,
柳叶多情复绿生。
二月二逢龙翘首,
一年雨顺好风轻。

2024 年 3 月 11 日

## 花朝节

　　花朝节是我国民间岁时八节之一，也叫花神节，俗称百花生日。一般在农历二月十二至二月十五，多数地区是二月十五举行，因南北气候差异而不同。花朝节起源于春秋时期，到唐代发展最盛。因为此时正是春季，万物复苏，百花盛开，因此被认为是花神的诞辰日。

　　花朝节的习俗很多，有设立神位祭拜花神，有结伴郊游，有放花神灯，有闺中女人剪五色彩笺用红绳结在树上，谓之赏红，有制作花糕、举办庙会、种花、栽树、扑蝶、挑菜的活动，等等。民间还把此日称为姑娘会，女孩子借此节日相聚玩耍，结交朋友。

### 七绝·花朝春景

二月花朝意兴浓,
游人如织着华容。
千红万紫春景绣,
胜览瑶池玉母宫。

2022 年 2 月 15 日

### 七绝·花朝闺中吟

蛾眉粉黛薄施描,
锦缎青衫着意挑。
心恐时装无耀眼,
只因今日是花朝。

2023 年 2 月 15 日

# 三月三（上巳节）

三月三是我国的传统节日，也是一个多民族的传统节日，最早起源于古代的巫术崇拜，人们相信每年三月三这天鬼神会出现在人间，需要进行一系列的祭祀活动来祈求保佑。

三月三又叫上巳节，古人认为阳春三月，春和景明，于是选定三月的第一个巳日为"上巳节"。由于三月第一个巳日多在三月初三，于是，魏晋以后，便统一三月三为上巳节。

在汉族文化中，三月三又被认为是王母娘娘的生日，王母娘娘会在瑶池苑举行盛大的蟠桃会，邀请天上的各路神仙参加。

在北方中原地区，三月三又被认为是轩辕黄帝的生日，有"三月三，轩辕生"的说法，这一天，世界各地华夏子孙都会到黄帝故里去寻根拜祖。

三月三是壮族最大的民族节日。这一天，壮族男女会像赶圩一样会聚山坡上对唱山歌等。

三月三的民间习俗非常丰富，有"祓除畔浴"，人们结伴去水边沐浴，也称为"祓禊"；有曲水流觞，即沐浴后，人们坐在水边祭祀宴饮，把酒杯放泉水中漂流，流到谁面前，谁就要饮酒赋诗；还有放风筝、吃荠菜、煮鸡蛋等。壮族、侗族、土家族等民族都有多种民俗活动。

## 七绝·三月三(上巳节)

日暖风和碧宇蓝,
呢喃雏燕绕溪潭。
水边沐洗佳人众,
添景江南季月三。

2023 年 4 月 22 日

### 七绝·上巳节伤咏

传统湮消忘古贤,
时逢上巳已无弦。
春阳艳照河湖净,
少有生民濯水边。

2023 年 4 月 3 日

## 七绝·三月三柳絮飞

三月初三绿色肥,
花零春老落芳菲。
依依不舍东君去,
柳絮翻飞着意追。

2024 年 4 月 11 日

## 寒食节

寒食节，中国传统节日，清明前一日。春秋初期晋国公子重耳出国逃亡19年，备尝艰辛，介子推一直追随其左右，一次断饮绝粮，介子推割下自己腿上的肉让重耳充饥。后来，重耳回国当了国君，史称晋文公。晋文公在论功行赏时，却把介子推给忘了，而介子推也不去争利禄功名，就带着母亲隐居到山西介休的绵山。晋文公知道后十分后悔，亲自去请介子推下山，为迫其下山相见而下令放火烧山，介子推坚决不出山，最终背着母亲一起靠在一棵大柳树下被火焚而死。晋文公感念忠臣之志，将其葬于绵山，修祠立庙，并下令在介子推死难之日禁火寒食，以寄哀思，这就是"寒食节"的由来。之前寒食节定在清明两日之后；到唐代，寒食节与清明节合而为一；清朝汤若望改革历法后，将寒食节定在清明节前一日，一直沿袭至今。

从春秋时期至今，寒食节已有2600多年的历史。这一天吃冷食、祭祀、踏青等习俗也一直流传下来。伴随着岁月流逝，寒食节逐渐融入了清明节，寒食代表了人们对忠君爱国、功成身退、政治清明的赞许。

寒食节由开始纪念介子推，以禁烟、寒食为主，逐步演变为以拜扫祭祖为主，主要习俗有：祭祀拜祖、禁烟、寒食、插柳、踏青、植树、荡秋千、斗鸡、宴饮、放风筝等许多活动。寒食节绵延2000多年，也被称为民间第一大祭日。

### 五律·寒食节

寒食欢游众，
无将本意删。
文公惟健忘，
子推一声叹。
多可同磨难，
鲜能共戴冠。
人生持劲节，
不受赐来餐。

2023 年 4 月 4 日

# 清明节

清明节,又称踏青节、三月节、祭祖节等。清明节兼具自然与人文两大内涵,既是自然节气,也是传统节日。清明节源自早期人类的祖先信仰,早在2500多年前战国时期孔子在《礼记·月令》中提到一个节气叫"清明",意味着大地回春,万物复苏,也是农民开始春耕的时节,象征着生机与希望。古代社会人们非常尊敬祖先和重视对逝去先人的纪念,认为清明时是向祖先致敬的最好时刻,于是清明节就逐渐形成了祭祀祖先和扫墓的传统,而扫墓祭祖与踏青郊游也就成了清明节的两大礼俗主题。

扫墓祭祖是清明节最主要的习俗,人们纷纷前往祖先墓地,整理杂草,清扫墓碑,焚烧纸钱,献上鲜花、食物和酒水,向祖先表达敬意和怀念之情,并为自己和家人祈福。清明节是春祭大节。

踏青郊游也是清明节的一项重要活动。春回大地，万木葱茏，百花盛开，春和景明，正是人们外出郊游踏青的好时机，踏青郊游逐渐与扫墓祭祖活动联系在一起。

此外，清明节的习俗还有植树、戴柳、插柳、射柳、放风筝、拔河、荡秋千、斗鸡等。

清明节与春节、端午节、中秋节并称为中国四大传统节日，政府要给民众放假。2006年5月20日清明节被国务院列入第一批国家级非物质文化遗产名录。

## 七律·清明祭扫祖墓

魂飘细雨过清明，
旷野远山黛色轻。
孤墓缠藤生野竹，
旧碑夹草掩榛荆。
心香一炷祈先祖，
吉语三求庇后生。
愿得祥和多喜乐，
阳春日日是天晴。

2022年4月5日

### 七绝·清明祭父扫墓

清明祭扫哭长歌,
记忆陈年往事多。
奔涌心中思念泪,
激流东去大江波。

2023 年 3 月 31 日

## 七绝·清明

一春能有几天晴,
水润山川草木英。
风雨梨花寒食过,
家家忙碌祭先茔。

2024 年 4 月 4 日

## 端午节

端午节,又称端阳节、龙舟节、重午节、天中节等,日期是每年农历五月初五,是集拜神祭祖、祈福辟邪、欢庆娱乐和饮食为一体的民俗大节。端午节源于自然天象崇拜,由上古时代祭龙演变而来。仲夏端午在《易经·乾卦》第五爻,是"飞龙在天"的吉祥日,后来逐渐演变成对屈原的纪念日。据《史记》记载,屈原是楚国的三闾大夫,一直忠君爱国,常与楚怀王商议国事,举贤任能,改革朝政,因此受到小人的谗言与排挤,被多次流放。公元前278年,秦军攻破楚国都城,屈原眼看祖国被侵略,心如刀割,于五月五日,写下绝笔作《怀沙》后,抱石投汨罗江而死。屈原死后,楚国的百姓哀痛异常,纷纷拥到汨罗江边去凭吊他,人们拿出饭团、鸡蛋等丢进江里,期望鱼虾吃饱了,不要去咬屈原的身体,后来饭团发展成粽子。由于屈原的爱国精神和感人的诗词，已广泛深入人心，古人"惜而哀之，以相传焉"。

在苏州一带，人们在端午节这天纪念伍子胥。伍子胥是楚国人，有雄才大略。公元前522年，伍子胥因父兄被楚平王所杀，避难投奔吴国，辅佐吴王阖闾击败楚国，将楚平王掘墓鞭尸，以报父仇。吴王阖闾死后，伍子胥又辅佐其子夫差，打败越国。伍子胥建议夫差一鼓作气，灭了越国，但夫差不听。这时越国派人贿赂吴国重臣，谗言陷害伍子胥，夫差便赐剑伍子胥，让他自刎而死。死前，伍子胥说，他死后，把他的眼睛挖下来，挂在城门上，他要看着越国军队入城灭吴。夫差闻言大怒，命人于农历五月五日将伍子胥的尸体投入钱塘江。吴国百姓为防止他的尸体被鱼吃掉，向江中投入粽子等食物，并在五月初五举行各种纪念活动。

关于端午节，还有一个传说，是为纪念"东汉孝女曹娥投江救父"的事迹。相传曹娥是东汉时浙江上虞人，父亲打鱼时不幸在舜江溺水身亡，不见尸体，年仅十四

岁的曹娥昼夜沿江哭泣,在五月初五这天,曹娥投江寻父。五天后,曹娥背着父亲的尸体浮出水面。人们为纪念曹娥的孝心,将舜江改名为曹娥江,将她居住的村子改名为曹娥村,还在江边修了曹娥庙。因为曹娥是五月初五投江的,当地人便将端午节视为纪念曹娥的节日。

在端午节的三个传说中,纪念屈原之说,流传最广,占主流地位;纪念伍子胥和曹娥只限于局部地区,流传不广。

端午节的习俗很多,有吃粽子、划龙舟、挂艾香、佩香囊、喝雄黄酒等。

## 七绝·端午节怀屈原

愤青满腹写离骚,
竭虑心头社稷操。
忧国忠君荃不察,
投身一跳入江涛。

2022 年 6 月 8 日

### 七绝·端午节

节怀屈子世传流，
文弱书生虑国筹。
谏辅安邦垂史册，
凌烟阁上几人留？

2023 年 6 月 22 日

## 七绝·读史咏吴王夫差

忠言不纳独称孤,
逆旅施行直士驱。
不信东门悬目看,
三千越甲可吞吴。

2023 年 7 月 29 日

## 七夕节

七夕节,也叫七巧节、乞巧节、女儿节、七姐节、七娘节、七夕祭等,被称为中国的情人节,是在农历七月七日的夜晚。七夕节最早与自然星宿崇拜有关,人们观察到天上有两颗非常亮的星星,便联想到男性与女性,男耕女织。进而人们进一步想象,传说古代天帝的女儿织女擅长织布,每天给天空织彩霞,她讨厌这枯燥的生活,就偷偷下凡到人间,与河西的牛郎结为夫妻,互相恩爱,过上男耕女织的生活。因此触怒王母娘娘,两人被分隔两地,只能在每年七月七日借喜鹊搭桥才能相会。这便是七夕节的由来。

七夕节起源于上古,到汉朝时就已经是很隆重的节日,人们在纪念传说中的牛郎织女的同时,会祈求爱情顺利、家庭幸福、生活美满,使之成为一个浪漫的节日。

女孩子还会在这一天乞求织女星传教穿针引线及织布的手工技能。官方和民间还会举行庆祝牛郎织女相会的仪式,包括祈祷、赏月、吃糕点等。

## 七绝二首·七夕

### （一）

云汉天光七夕期，
春心最是漫弥时。
人间多少衷情侣，
尽借今宵诉恋思。

### （二）

星空碧海幻心生，
河汉天桥渡恋人。
情侣双双盟皓月，
几多诺语可成真？

2022 年 8 月 4 日

## 七绝·七月初七夜咏

玉露金风渡雀桥,
牛郎织女尽多娇。
心祈莫要金鸡唱,
长夜无明永盱宵。

**2023 年 8 月 25 日**

## 中秋节

　　中秋节,又称仲秋节、八月节、拜月节、团圆节等,是中国传统的文化节日,时间是农历八月十五,源于古人对天象的崇拜。农历八月正是秋季第二个月,称"仲秋",而八月十五又正是秋季的一半,因而被称为"中秋"。最初这一天被定为帝王祭月的日子,慢慢演变为中秋节。八月中旬,又是秋粮收获之际,人们为了答谢神祇的护佑,举行一系列仪式和庆祝活动,称为"秋报"。中秋时节,月朗中天,正是观赏月亮的最佳时令。因此,祭月逐渐被赏月所代替,千百年来几经流传变换,最终"阖家团圆"的精神成为中秋节的主要文化内涵。

　　民间传说中秋节有"嫦娥奔月"的故事:后羿射掉了多余的九个太阳之后,天帝赏给后羿一种吃了以后可以上天成仙的药,后羿舍不得离开妻子嫦娥,就把药交给嫦娥保管,结果嫦娥误食了这个药,在八月十五这天升仙到月亮上去了。后羿因思念嫦娥，每年这一天都会在园子里摆上嫦娥爱吃的东西，盼望她回来团圆。

中秋节的习俗有：赏月、吃月饼、玩花灯、家人团聚，等等。

### 七绝·中秋夜闻笛

凄清乡笛入心寒，
静夜无眠旧梦残。
起看群峰山顶月，
一窗松影碎栏杆。

2022 年 9 月 10 日

## 七绝三首·中秋

（一）

有兴品花客去后，
尽情赏月夜深迟。
浩然广宇吾谁是，
蝶梦庄生逸兴思。

（二）

寂静无声出海平，
中天悬挂万山明。
清辉泼洒凉如水，
多少思乡浪子情。

（三）

昔时赏月榭亭中，
浪卷扶摇潮向东。

碧海青天明月旧，
江湖不是往年风。

2023 年 9 月 10 日

## 忆秦娥·中秋夜故居怀旧

中秋月,
清辉洒地如霜雪。
如霜雪,
悲欢离合,
思念时节。

今年仍是往年月,
楼房小院围栏铁。
围栏铁,
故居虽在,
月圆人缺。

2023 年 9 月 29 日

## 重阳节

重阳节，又称重九节、登高节、双九节、敬老节等，日期是每年农历九月初九。"九"在《易经》中为阳数，因日与月皆逢九，"九九"两阳数相重，故曰重九、重阳。古人认为，这是个值得庆贺的吉利日子，是中国民间的传统节日。

重阳节源自天象崇拜，始于上古时代在秋季举行丰收祭天、祭祖的活动，以谢天帝、祖先的恩德，其发展到唐代时作为传统节日的习俗而传承至今。在中原人的观念中，双九寓意生命长久，健康长寿，所以人们又把重阳节称作老人节。登高赏秋与感恩敬老是重阳节习俗的两大主题。

关于重阳节的由来，道教还有一个传说，东汉时瘟魔横行，有个叫恒景的青年人不辞劳苦，寻仙学艺，终得仙人真传，赐他一把降妖宝剑、一包茱萸叶、一瓶菊花酒,并授以驱邪秘诀。九月九日早晨,恒景把乡亲们领到山上,每人发一片茱萸叶、一盅菊花酒,瘟魔闻到此味,不敢前行,恒景用降妖宝剑消除瘟魔。从此,每年农历九月九日,登高辟邪的风俗便流传下来。

重阳节的习俗有:登高、吃重阳糕、赏菊、饮菊花酒、佩戴茱萸、头戴菊花等。

### 醉花阴·重阳

明月秋光时渐老,
花落零枯草。
银杏叶金黄,
山岭斑斓,
又是重阳到。

临风把酒恣欢闹,
泛菊高阳照。
托醉问苍天,
岁月如梭,
可否还年少?

      2023 年 10 月 31 日

# 寒衣节

寒衣节，又称十月朝、祭祖节、秋祭、十月一，时间是农历十月初一，是中国传统的祭祀节日，与清明节、中元节并称为三大鬼节。

农历十月初一是进入冬季后的第一天，古时有授衣、祭祀、开炉等习俗，提醒人们注意寒冬来临。这一天，妇女们要拿出棉衣，送给远方戍边、服徭役的亲人，后来，逐渐发展成为祖先、亡人送去过冬寒衣的习俗。它有授衣和烧衣两种方式，之后逐渐演变为以祭祀为主。

寒衣节的来历还有"孟姜女千里送寒衣"的典故和"朱元璋授衣"的传说。

据民间传说，秦朝时，孟姜女新婚后，其丈夫范杞梁被征召修建北疆长城，数年未归。孟姜女千里迢迢，历尽艰辛，为丈夫送衣御寒，途中得知丈夫去世的消息，

她悲痛欲绝。到了长城以后，她日夜哭泣，感动天地，导致长城崩塌，找到了丈夫的尸体。孟姜女用带去的棉衣为丈夫进行了安葬。这一行为后来演变成农历十月初一烧寒衣，以寄寓对逝去亲人的思念。因此，寒衣节又被称为"孟姜女节"。

"朱元璋授衣传"说，讲述了明初朱元璋在南京称帝后，为了顺应天时，展示皇恩浩荡，他在农历十月初一举行"授衣之礼"，天子以穿冬衣的仪式，昭告庶民，冬天已经来临。同时，将新收成的粮食制成热羹赐与群臣品尝。这个传统后来也被视为寒衣节的由来之一。

寒衣节的习俗有：烧寒衣，农历十月初一日这天，人们都会到先人的坟头去祭扫，焚烧纸衣，叫送寒衣；吃饺子，人们不仅自己吃，还要祭祖时供奉饺子；做寒衣，买五色纸做成寒衣状，烧给先人。

## 五绝·寒衣节夜吹北风降温

呼啸苍原劲,
摇枝万树残。
隔窗听夜雨,
知是北风寒。

2022 年 10 月 26 日

## 腊八节

腊八节，即每年农历十二月初八，又称为法宝节、佛成道节、成道会等。本为佛教纪念释迦牟尼成道之节日，是佛教盛大节日之一，后逐渐演变成为民间节日。

据佛教记载，释迦牟尼成道之前曾苦修多年，形销骨立，发现苦行不是解脱之道，决定放弃苦行。时遇一牧女呈献乳糜，食后体力恢复，端坐菩提树下沉思，于农历十二月初八"成道"。为纪念此事，佛教徒于此日举行法会，以杂粮米和果物煮粥供佛，名曰腊八粥。传说喝了腊八粥，就可以得到佛祖的庇佑，因此，腊八粥也叫福寿粥、福德粥和佛粥。后传到民间，家家户户在这一天都要煮食腊八粥，以祈求佛祖保佑平安。

腊八节的习俗有：喝腊八粥，泡腊八蒜，吃腊八面，晒制腊八豆腐等。

## 卜算子·腊八

冬月酷凌寒,
腊日欢天晚。
万宅熬炖八宝粥,
户户亲情暖。

豆粥乡情浓,
年味盈盈满。
羁客远游逢此时,
急急风尘返。

2022 年 12 月 30 日

## 七绝三首（腊八）

（一）腊八节
家家食粥笑声连，
腊八过了便是年。
赶集杀猪储节货，
心期除夕庆团圆。

（二）腊八粥
祈年送喜万家门，
腊粥飘香醉入魂。
粒粒相思含美味，
儿时再现忆娘恩。

（三）腊八戏题
腊粥浓香重在熬，
豆莲八宝一锅煲。

甘甜苦辣千般料，

煮出人生百味糕。

**2024 年 1 月 18 日**

# 祭灶节（小年）

送灶，又称祭灶、过小年，是中国传统节日习俗，时间定在农历十二月二十四（北方是十二月二十三）。民间相传第二天灶王爷要上天向玉皇大帝汇报，这一家人是不是乱倒饭菜，不珍惜粮食，是不是珍惜人间烟火，是不是行善积德，等等。送灶，便是送灶王爷启程。

灶神，又称灶君、灶王爷，是中国民间传统信仰中的一位神灵，被供奉为家庭厨房中的守护神，掌管火灶和炊事。传说古时候有个叫张申的公子，长得俊美，却是个浪子，娶的妻子叫郭丁香。丁香非常贤惠，辛勤持家，夫妻和睦，家庭兴旺。可是好景不长，张申在外花天酒地，回家后把妻子丁香给休了，最后张申把家产也败光了，不得不在外流浪乞讨为生。丁香被休后，又嫁到一个好人家，丁香贤良勤劳，辅助丈夫把家业做得很大。有一天,张申乞讨到这户人家,这家下人给张申连盛了两碗汤。张申看天色不早了,就对这家下人说:"能否跟你家主人说一下,让我在你家厨房的灶前住一晚?"下人说"行"。张申就在灶前住了下来。这时,这家的女主人来了,张申看是个女的,好面熟,再仔细一看,原来是被自己休出家门的丁香。丁香问张申怎么到了这步田地。张申羞愧得无地自容,心想:"我怎么还有脸活着,不如死了吧?"张申看到丁香家的大锅灶里正烧着旺火,就一头钻到锅底下被烧死了。这时,巡天的天神正好看见,汇报给玉皇大帝。玉皇大帝知道,张申虽不好,但他知道羞耻,自己投火烧死自己,说明他还没坏到底,还能回心转意,他既死在锅灶底下,就封他做灶王吧。全称叫九天东厨司命灶王府君,又叫灶君、灶王爷。灶王的职责是保佑家庭平安,饮食干净安全,监察恶善,负责向玉皇大帝报告每个人家一年来做的善事和恶事,每年腊月二十四上天,向玉皇大帝禀报。为了

感谢灶神的庇佑和保护，人们定期举行祭祀仪式，供奉香火和食物，送灶王爷上天向玉帝汇报，上天则依据其报告定这家人来年的祸福。所以，民间在送灶时常在灶王爷画像口部抹些糖粑，希望其"上天言好事，下界保平安"。民间一般是除夕晚上灶王爷从天上回来，又称接灶。

官三、民四、船五是指祭灶习俗的日期。中国民间一般都是腊月二十四过小年，清朝前期都是这样。到清朝中期，腊月二十三皇家要举行祭天大典，而第二天又要祭灶，为了节省开支，就把祭灶与祭天大典合而为一了。后来，皇家的做法传到民间，所以，北方地区多在腊月二十三祭灶。而湖南洞庭湖、江西鄱阳湖一带的船家，其风俗习惯是腊月二十五过小年。

祭灶神，其实是来源于上古的先人对火的崇拜，早期人类都过着茹毛饮血的生活，火的发现和使用，使人类可以将生食变为熟食，这也是人类进入文明社会的标志。古人认为这是神的庇佑,便演化出很多传说。

过小年送灶的习俗有:供灶爷、做糖粑、吃灶糖、吃糖糕、打扫卫生、剪窗花等。此外,民间习俗还流传祭灶时,男人敬酒,女人、小孩都要回避,所以有"男不拜月、女不送灶"的说法。

### 七绝·送灶

一盏清茶递案前，
灶王上界莫虚言。
祈求佑护人间事，
雨顺风调又一年。

2022 年 1 月 15 日

## 七绝三首·祭灶过小年

（一）

烟火人间便是仙，

小年送灶阖家圆。

糖粑酒水孩童闹，

温暖亲情最值钱。

（二）

小年祭灶敬芽糖，

灶君升天见玉皇。

去把人间良恶奏，

少栽荆棘广栽桑。

（三）

小年雨雪乱飞花，

祭灶烟飘百姓家。

善恶从来天报应,

岂能寄望灶神夸?

    2024 年 2 月 3 日

# 除 夕

除夕,是指农历每年末最后一天的晚上,即大年初一前夜,因农历每月最多只有三十天,故又称"年三十",是中国传统节俗中最重要的节日之一,也是全家团聚的日子。

除是除旧布新的意思,一年的最后一天叫岁除,最后一晚叫除夕。除夕,人们往往通宵不眠,这叫守岁。

除夕有很多传说,主要有两种。

一种传说,讲"年"是一只怪兽,每到这一天便出来祸害百姓,所以,老百姓非常怕过这一天,叫过年关。后来经一位神仙指点,说"年"最怕红色、火光和炸响,后来百姓便按神仙的指示,在这一天贴红对联、挂红灯笼、点烛光、烧火堆、放鞭炮。"年"看到这些以后就吓跑了,再不敢来祸害老百姓了。

另一种传说,讲"夕"是一种邪恶的怪兽,每到这

天便出来祸害百姓。有个叫七郎的英勇猎人,在腊月三十的晚上与夕进行搏斗,用箭矢射杀了夕,拯救了百姓。所以,人们将腊月三十的晚上叫作除夕。

除夕的习俗有:贴春联、贴年画、祭祖、放鞭炮、给压岁钱、守岁、家人欢聚吃团圆饭等。

## 七律·除夕

烟花爆竹送欢声,
祈贺频频吉瑞迎。
围坐熏香陪夜过,
静听钟磬数年庚。
庭中梅朵飘香味,
河岸迎春绽玉英。
今夜还陈前日事,
明朝抖擞话田耕。

2022 年 1 月 31 日

### 卜算子·除夕夜思

沙漏无声流，
荏苒时光杳。
又是一年末终夜，
寂静苍原渺。

残月五更销，
长夜思无了。
旧岁伤哀多苦痛，
急盼晨鸡晓。

2023 年 1 月 21 日

## 七绝二首·除夕

### （一）

别旧祈新守夜迎，
回思怅惘更怀情。
世间最是催人老，
跨岁钟声贯耳鸣。

### （二）

烟花火树艳多姿，
除夕三更悄不知。
伫立窗前思故宅，
寒星稀落望多时。

2024年2月9日

### 七绝·除夕守岁

除夕无眠彩焰华,
听更守夜伴炉茶。
鸡鸣急起开门出,
为见新年最早霞。

2024 年 2 月 10 日

# 后 记

编写此书是受到一次偶然的启发。

大学毕业后，多从事枯燥繁杂的行政工作，但毕竟是学中文的，对文学的眷念和爱好一直念念不舍，工作闲暇，偶尔写点诗词杂文之类，练练笔，亦是抒发心绪情感。幸有几位同事老友，情趣相投，遇有作品，便在小范围内发文相互欣赏，权当自娱自乐的雅兴。一日，一文友，亦是我尊敬的一位老领导对我说，你每逢节令都要写诗填词，何不把每个节令写的诗词编撰出来，也是蛮有意义的。

闻此言，忽生灵感。于是便让吴晟执笔编撰中国廿四节气和传统节俗的知识介绍，我对历年创作的廿四节

气和传统节俗的诗词进行修改和补齐，于是两人合作编写了此书。

其实，中国古代文人吟诵廿四节气和传统节俗的诗词歌赋汗牛充栋，在动笔编写此书前，内心亦有所顾虑。但是，文学是社会生活的反映，具有很强的时代性，在不同的时代往往被赋予不同的意义和色彩。同时，每个人都有自己对客观事物的感知和思考，有自己独特的人生观和价值观。从这个角度考虑，心中便释然了。在创作中，我们仿佛徜徉于中华传统文化的历史长河中，结合当今这个大时代背景，将自己对自然、岁月、人生的探索和思悟融入其中，但愿它有一定的价值。

吴昭旭<br>
2024 年 6 月 16 日